Tardi

Les Avent ... es
d'Ad ...

Adèle et la Bête

Librio

Du même auteur

Dans la même collection

Le Démon de la Tour Eiffel (Les Aventures Extraordinaires d'Adèle Blanc-Sec — 2)
Le Savant Fou (Les Aventures Extraordinaires d'Adèle Blanc-Sec — 3)
Momies en Folie (Les Aventures Extraordinaires d'Adèle Blanc-Sec — 4)

Bandes dessinées

Le démon des glaces
Rumeurs sur le Rouergue (en collaboration avec Pierre Christin)
Adieu Brindavoine
Les Aventures Extraordinaires d'Adèle Blanc-Sec (8 volumes parus)
Polonius (en collaboration avec Picaret)
Griffu (en collaboration avec Jean-Patrick Manchette)
Ici Même (en collaboration avec Jean-Claude Forest)
Brouillard au pont de Tolbiac (d'après Léo Malet)
Le trou d'obus
Tueur de cafards (en collaboration avec Benjamin Legrand)
120 rue de la gare (d'après Léo Malet)
Une gueule de bois en plomb
Jeux pour mourir (d'après Géo-Charles Véran)
C'était la guerre des tranchées
Casse-pipe à la nation (d'après Léo Malet)
Le der des ders (d'après Didier Daeninckx)
Varlot soldat (en collaboration avec Didier Daeninckx)
La débauche (en collaboration avec Daniel Pennac)
M'as-tu vu en cadavre ? (d'après Léo Malet)
Le cri du peuple, tome 1 : *Les canons du 18 mars* (d'après Jean Vautrin)

Livres illustrés

Le cochon enchanté (d'après un conte roumain)
Voyage au bout de la nuit (roman de Louis-Ferdinand Céline)
Casse-pipe (roman de Louis-Ferdinand Céline)
Rue des rebuts
Tardi en banlieue
Mort à crédit (roman de Louis-Ferdinand Céline)
Un prêtre en 1839 (roman de Jules Verne)
San Carlos (roman de Jules Verne)
L'enfant de l'absente (roman de Thierry Jonquet, Jacques Tardi et Jacques Testard)
Le fusillé (roman de Blanche Maupas)
Tardi… par la fenêtre
Sodome et Virginie (pièce de Daniel Prévost)
Un strapontin pour deux (en collaboration avec Michel Boujut)
Il faut désobéir : La France sous Vichy (en collaboration avec Didier Daeninckx)

Lettrage : Anne Delobel

PARIS, 4 novembre 1911.
Au Muséum d'Histoire naturelle
du Jardin des Plantes. 23h 45...
ŒUF DE PTÉRODACTYLE
(FIN DU JURASSIQUE)
136 MILLIONS D'ANNÉES
TOC
TOC
TOC

?
TOC
TOC
OEUF DE PTÉRODACTYLE
(FIN DU JURASSIQUE)
136 MILLIONS D'ANNÉES
CLING

IGUANODON
Au même instant, à LYON ...
AH
AH
AH
AH

1h03 au poste de police du XIIe arrondissement...
Brigadier, on l'a trouvé dans la rue qui gueulait comme un âne. J'crois qu'il en a un sérieux coup dans l'nez !
J'ai pas bu...
Avance !
J'ai pas bu ! J'ai été attaqué par une sorte de gros oiseau rouge avec un bec plein de dents ! J'vous l'dis, chef, j'ai pas picolé.
Mais oui, mais oui, t'es à jeun. Allez, foutez-moi ça au bloc !
5
C't'une bête affreuse ! J'vous raconte pas des bobards, chef ! Pour une fois que vous feriez quequ'chose d'utile en courant après c'bestiau ! Si c'est pas à vous dégoûter d'payer ses impôts d'voir ça. Ah ! les cognes, j'te jure.

Le soir suivant, 19h30, Georges Plot s'apprête à fermer sa pharmacie...
ACIE PASTEUR ·53·
ORDONNANCES SOIGNÉES ACCESSOIRES
CROAK
?
AAAA
Au même instant...
NON!
NOUVELLES DIVERSES
Un étrange incident
M. Georges Plot, pharmacien rue de Vaugirard, prétend avoir été agressé hier par un étrange volatile. L'animal, aussi gros qu'un chien selon les dires du pharmacien, l'aurait attaqué alors qu'il baissait le rideau de fer de son officine. Etrange incident que l'on serait tenté de mettre au compte d'un abus de boissons alcoolisées si M. Plot n'avait au visage de profondes traces de griffures...
LIQUEUR

Le 6 novembre 23 h 30, sur le pont au Change...
AAAA
À LYON...
OH NON! NON!
EMBRE 1911
DES FAITS
Un taxi automobile attaqué par un ptérodactyle. Deux morts !
A 23 h. 30, hier soir, alors qu'il s'engageait sur le pont au Change, un taxi automobile conduit par M. Armand, ayant à son bord deux passagers : MM. Troupaquet, officier de réserve, et Boissieux, professeur à la Sorbonne, a été attaqué par un monstrueux volatile sorti du fond des âges. La bête hideuse et agressive plongea tel un rapace sur le taxi faisant perdre au chauffeur le contrôle de son véhicule qui franchit la balustrade du pont et tomba dans la Seine. M. Troupaquet et le chauffeur coulèrent avec l'automobile. Seul le professeur Boissieux devait échapper à la noyade, il parvint à nager et à regagner le quai où il fut secouru. Le professeur affirme avoir identifié l'animal. Il s'agirait d'un ptérodactyle ! Le ptérodactyle est un reptile ailé qui fit son apparition sur terre à la fin du jurassique, il y a quelque 130 millions d'années. Les ptérodactyles se sont éteints pendant le crétacé. Inutile de dire que cette affirmation, bien que venant d'un éminent homme de lettres, demande à être accueillie avec la plus grande perplexité. Evidemment, le but de ces lignes ne met pas en doute les propos du professeur Boissieux, mais ceux-ci ont de quoi surprendre. Il va de soi que scientifiquement la réapparition de ces animaux disparus depuis si longtemps est absolument impossible, aucune thèse sérieuse ne pourrait soutenir la possibilité du retour de cette espèce préhistorique.
Le Monde & la Ville
Ce matin, alors qu'ils travaillaient sur un échafaudage, rue du Théatre, trois peintres en bâtiment italiens
repas

Le 8...
Diverses
Une nouvelle victime du ptérodactyle
Alors qu'elle rentrait chez elle après avoir raccompagné à son domicile une de ses petites camarades, Juliette Bodaud, âgée de 13 ans, a été attaquée et blessée par un énorme « oiseau rouge ». Nous nous souvenons du drame du pont au Change survenu il y a deux jours et de l'affirmation du professeur Boissieux qui prétend que son taxi a été agressé par un ptérodactyle. Y aurait-il un rapport avec ce dernier incident ? Il y a de quoi être troublé car la description faite par la petite Juliette semble correspondre trait pour trait à celle du monstre antédiluvien...
Le 9...
UILLETON
Nous publions la suite de notre feuilleton en quatrième page.
ÉCHOS
Le monstre s'attaque à une veuve de guerre...
Hier après-midi, Mme Vve Bouzillard rentrait chez elle après avoir touché la pension de son mari. Alors qu'elle traversait la place des Vosges, le monstre, car il s'agissait bien de lui, l'a sauvagement attaquée. Mme Vve Bouzillard est morte sur le coup.
Le 10...
A TRAVERS PARIS
Le monstre tue à nouveau !
En plein jour, alors qu'ils se recueillaient sur la tombe de leur fils au cimetière du Père-Lachaise, M. et Mme Bolard ont été assaillis par la bête. Elle s'en est prise d'abord à Mme Bolard, la blessant grièvement. Bien qu'il ait essayé de venir en aide à sa femme, son époux n'a pu éloigner le monstre. La bête l'a attaqué à son tour, le tuant net d'un coup de son bec acéré. L'affreuse et profonde blessure que le malheureux portait en travers de sa poitrine témoigne de la force et de la férocité du reptile volant.
Le 11...
NOUVELLE
ÉCHOS & NOUVELLES
Encore une agression du ptérodactyle. Trois morts !!!
Ce matin, alors qu'ils travaillaient sur un échafaudage, rue du Théâtre, trois peintres en bâtiment italiens, MM. Druilletti, Robialetto et Tardi, ont été agressés par le monstre. Pris de panique, ils se sont jetés dans le vide, faisant une chute vertigineuse avant de s'écraser au sol.
LE PTÉRODACTYLE A ENCORE TUÉ ! 5 MORTS LA NUIT DERNIÈRE !
ULOIS
Demandez LA GAZETTE DE BIARRITZ ! NOUVELLE AGRESSION DU MONSTRE ! PARIS A PEUR !
QU'ATTEND LE GOUVERNEMENT POUR PRENDRE DES MESURES ?
manité
LA CAPITALE TREMBLE ! LE MONSTRE FAIT RÉGNER LA TERREUR !
LE FIGARO
Le 15 novembre à l'Élysée...
LA SITUATION EST INTOLÉRABLE ! LE GOUVERNEMENT SE REND RESPONSABLE !
Le Matin
ON DU PTERODACTYLE !
LA POLICE EST IMPUISSANTE ! LÉPINE DEMISSION !
5e Pari
DEMISSION !
Au 1er étage dans le bureau d'Armand FALLIÈRES, président de la République...
QU'EST-CE QUE C'EST QUE CETTE HISTOIRE ?
LE GAULOIS

Voilà huit jours que tous les quotidiens ne titrent plus que sur cette histoire de ptérodactyle, qu'est-ce que ça veut dire ? Une manœuvre de l'opposition ?
Ou bien un canular ? Anarchiste... Royaliste ...
À LYON...
AH AH AH
AAAA
Dites donc, Georges, prenez en main l'affaire du ptérodactyle, ça m'a l'air sérieux ! Faites le nécessaire et rappelez-moi.
Passez-moi le préfet de police... Allô, LÉPINE ? Le Président vient de m'appeler... L'affaire du ptérodactyle traîne en longueur ! Nommez-moi quelqu'un d'énergique. Activez ! Activez ! Rendez-moi compte le plus vite possible !
Allô, DUGOMMIER ? Que devient l'enquête en cours au sujet du ptérodactyle ? Le commissaire POISSARD piétine ? Retirez-lui l'enquête et nommez-moi un type efficace ! Cette affaire doit être classée le plus vite possible ! Remuez-vous ! Je vous donne 48 heures. Rappelez-moi illico !
NOVEMBRE 15
CAPONI ? Ici le commissaire principal DUGOMMIER. Vous allez me tirer au clair l'histoire du ptérodactyle. C'est vous qui enquêtez maintenant. Allez, hop, en selle ! Je mets en vous toute ma confiance. Vous avez 24 heures et ma bénédiction ! Foncez dans l'tas, mon vieux, et pas d'bêtises !
Oh ! Merci, M. le commissaire principal ! Comptez sur moi, M. le commissaire principal.
L'affaire du pétrodactyle ! Cette fois ça y est, mon p'tit Léonce : dans une semaine, tu s'ras commissaire !

M. le préfet... J'ai mis l'inspecteur CAPONI sur le coup. Non, personne d'autre... CAPONI est très bien : discret, efficace...
CAPONI est loin d'être une lumière, mais il sera parfait en bouc émissaire si ça tourne mal...
Allô.. M. le ministre... DUGOMMIER a fait le nécessaire. Oui, un inspecteur tout à fait compétent, exactement l'homme de la situation : brillant et discret.
M. le président, j'ai donné des ordres. J'ai tout lieu d'espérer que cette stupide affaire sera rapidement classée...
Parfait ! Je vous fais confiance. Tenez-moi au courant de l'évolution de l'enquête.
Le soir même à DIJON, chez les RABATJOIE...
Écoutez ça ! "Henry ALLRIGHT, le célèbre banquier d'outre-Atlantique, lance un grand concours ouvert à tous, avec une récompense de 5000 $ à qui abattra ou photographiera le monstre" etc... etc... Au point où nous en sommes avec toutes nos dettes et cette menace de saisie.. 5000 $...
AHAHAH
C'est bien les Américains ça ! Gober cette histoire d'oiseau préhistorique !
Je devrais tenter ma chance... essayer de photographier ce monstre... Moi j'y crois.
Hein ?
Allons, ÉDITH, ce n'est pas sérieux ! Nous sommes sur le point d'aboutir ! Patience... Bientôt ce sera la fortune.
NON ! EDITH, TU N'IRAS PAS A PARIS !

Le 16 novembre dans le rapide pour PARIS...
P.L.M
Mmmh... joli brin d'fille!
Le Matin
NOUVELLE AGRESSION DU PTERODACTYLE
AH AH AH
NOUVELLE AGRESSION DU PTERODACTYLE !
Mademoiselle, regardez ce dessin humoristique...
Heu...
Ciel! Mon mari
Désopilant, n'est-ce pas?
En effet.
Le ptérodactyle par-ci, le ptérodactyle par-là, on ne parle plus que de ça! Vous y croyez vous à cette histoire? ... Vous montez à PARIS?
... Heu...
Quel idiot!
Mon nom c'est Antoine-Antoine ZBOROWSKY; et vous?
Heu... Édith RABATJOIE.
J'espère qu'il ne va pas jusqu'à PARIS.

Je vais jusqu'à PARIS. Vous aussi j'en suis sûr... Hein? Ah! Ah! Ah! C'est la première fois que vous y allez? Et qu'est-ce que vous faites dans la vie?
Heu... Je chasse le ptérodactyle... Excusez-moi, mais j'aimerais finir mon journal!
Ainsi les deux types du compartiment sont avec elle!
Elle est sur le toit, nous pouvons y aller.
Parfait! En route.
?
Suivez cette automobile!
Ne la perdez pas de vue!

Que peuvent-ils bien transporter dans une aussi grosse malle ?
Nous voilà à MEUDON! Bon sang, cette balade en taxi va me coûter les yeux de la tête... Ah! ils ralentissent.
C'est donc ici qu'elle habite... Ils sont rentrés. Bon, partons
En route, chauffeur!
Ça fait plaisir de rentrer à la maison... Joseph, Albert, sortez-la vite de cette malle et enfermez-la dans la petite chambre du 1er.
Je n'aurais pas dû répondre à ce type dans le train. Il m'a prise de court... Bah... n'y pensons plus.

Le 17, au Muséum d'Histoire naturelle du Jardin des Plantes.
?
ZBOROWSKY! DESCENDEZ!
J'ARRIVE!
?
Suivez-moi!
Je viens de constater une chose aussi extraordinaire que troublante à laquelle je ne voudrais croire. Regardez ça!
Il y a 15 jours, le 5 au matin, un gardien a trouvé cette vitrine brisée... Il a mis cet incident sur le compte des visiteurs. On a changé la vitre et personne ne m'en a parlé... Hier, en me promenant dans le musée, je tombe en arrêt devant cet œuf de ptérodactyle vieux de 136 millions d'années que je connais comme si je l'avais pondu et je constate qu'il a éclos.
OUI, IL A ÉCLOS! C'est incroyable! Scientifiquement impossible, mais il faut bien se rendre à l'évidence: il a éclos.
Bon sang! Y aurait-il un rapport avec le ptérodactyle dont toute la presse parle? Qu'en pensez-vous?
Voyez ce trou dans la verrière.
Ceci doit rester entre nous tant que nous ne saurons pas avec certitude à quoi nous en tenir. N'en parlez à personne surtout.

Cette nuit-là, rue Louis-Ferdinand BARDAMU...
$\int \frac{sh^3x + ch^3x}{(ch\,x + \lambda \sin x)^{2p1}} dx$
?
?
?
?
LE MONSTRE!!
VITE! VITE... VITE VIIITE! VITE!
AHHR! Il a disparu...

LE VOILÀ !
POUF
Espérons que la plaque sera... HÉ! QU'EST-CE QUE C'EST ?
AAAAA
Le lendemain...
"CETTE NUIT LE MONSTRE A FAIT UNE NOUVELLE VICTIME !
L'ignoble animal a été aperçu par Émile JOUFLOT, un jeune et non moins brillant étudiant qui, au péril de sa vie, n'écoutant que son courage - l'apanage de la jeunesse - est monté sur les toits, pouvant faire ainsi une photographie de la bête ...etc...etc... L'inspecteur CAPONI nous a déclaré ...etc..."
LA VIE SOCIALE
l'Humanite
LE FIGARO
... dans le bureau de l'inspecteur CAPONI à la Préfecture de police...
Sacrés journalistes, faut toujours qu'y fourrent leur nez où y faut pas!... Par contre ce qu'y savent pas, c'est qu'le pierrodactyle, il lui a laissé un couteau planté dans l'dos, à sa victime. Et qu'est-ce qu'y f'sait sur les toits c'type ? On sait même pas qui c'est ! L'bestiau il a dû lui piquer ses papiers d'identité par la même occasion ! C'est confus tout ça, Léonce c'est confus !

Le même jour à LYON...
LUGDUNUM... Connaissez-vous une ville plus sinistre et plus belle que LYON?
DONG DONG DONG
?
ESPÉRANDIEU!
BOUTARDIEU!
Je te remercie d'être venu aussi vite. Tu sais, Robert, j'ai l'impression que cette expérience commence à prendre une tournure inquiétante. Depuis que j'ai fait éclore l'œuf, il y a eu plus de 20 victimes.
AH?
Tu ne lis pas les journaux? Le ptérodactyle a fait une vingtaine de victimes dont 11 morts! Il tue quand je ne le maîtrise plus. La fatigue!... Ça me demande une concentration extrême, au-dessus de mes forces, pour garder le contrôle de son cerveau. Lorsque je le perds, il tue. C'est normal, il attaque tout ce qui bouge. C'est dans sa nature.
AH!
Mais ce qui m'inquiète, c'est qu'il semble y en avoir un deuxième! Je n'y comprends plus rien... Hier soir, j'étais avec lui au-dessus de Montmartre et les journaux titrent ce matin qu'il a tué quelqu'un vers Montparnasse, rue BARDAMU! Quelqu'un l'aurait vu et aurait même fait une photographie.
S'il n'y avait pas cette photographie - peut-être truquée à cause du concours idiot de ce banquier américain - je croirais à un meurtre que l'on essaye de faire endosser à mon ptérodactyle! Je ne peux pas bouger d'ici. S'il te plaît, Robert, va à Paris voir ce qui se passe. Contacte mon ami MÉNARD conservateur au Jardin des Plantes, dis-lui la vérité. D'ailleurs, ça m'étonne qu'il n'ait pas encore constaté l'éclosion de l'œuf au Musée.
D'accord, Philippe, tu peux compter sur moi.
Merci, Robert.

Le même jour à NANTES...
LE VOILÀ!
M. Justin de ST HUBERT, pouvez-vous nous dire pourquoi vous avez interrompu une chasse qui s'annonçait brillante en A.E.F pour rentrer précipitamment en France?
POUF
Messieurs, je suis rentré à la demande du gouvernement...
En effet, on m'a chargé d'en finir avec ce ptérodactyle. C'est un grand honneur pour moi de mettre mon talent de chasseur au service de la France. J'ai tué des centaines de fauves et c'est pour moi une grande joie que d'ajouter à mon tableau de chasse ce monstre sorti du fond des âges.
N'oublions pas que la tâche qui m'a été confiée est fort dangereuse. Le monstre semble féroce et je n'aurai assez de ma carabine à lunette chargée de balles explosives. Le monstre aura sa chance, moi de même. Messieurs, ce sera beau!
PARIS, le 19 à l'aube...

NOURRITURE INTERDITE
MOUFLON DE CORSE OVIS MUSIMON (PALLAS)
Vous avez vu, ZBOROWSKY! Voilà pourquoi nos mouflons corses disparaissaient. Il vient les dévorer ici même! Incroyable! Pas un mot de tout ceci à quiconque! Nous allons essayer de le capturer.
Extraordinaire! Nous avons veillé toute la nuit, rentrons nous coucher. Demain nous prendrons des dispositions.
Qu'est-ce que c'est que ce concours à la gomme? 5000 $ à qui abattra ou photographiera le monstre. Bon sang, mais cette fille rencontrée dans le train. Édith. Édith RABATJOIE.
Je suis sûr qu'elle est ici à cause des 5000 $! Je devrais la prévenir... Non, elle pourrait tout gâcher!
Pourquoi gâcherait-elle tout? Non! MÉNARD n'apprécierait pas... AH c'est quand même bête! Que faire?
RRR
RRRR

?
C'est elle ! C'est elle !
MADEMOISELLE !
HÉ ! HO !
MADEMOISELLE ÉDITH !
HÉ !
GRÔÂAARR
?
GRÔÔ
AARR
A
AAA

CRRAC
AAAAAAAA
MADEMOISELLE ÉDITH! C'EST MOI, ZBOROWSKY!
AAARRR
AAA
AHAHAH
CROAK
CROAK CROAK
CROAK
Euh... Je vais immédiatement lui écrire. Je connais son adresse. Je vais lui fixer un rendez-vous pour demain au Jardin des Plantes. Je ne dirai rien dans la lettre et lui expliquerai tout de vive voix. Ainsi je pourrai la revoir...

Dans l'après-midi, à MEUDON...
BONJOUR, Mlle RABATJOIE !
Enfin calmée ? Inutile de continuer à détériorer la porte : elle est solide, et il y a deux hommes en bas qui ne vous laisseraient pas sortir. Cessez de hurler, c'est horripilant et ça ne sert à rien, la maison est isolée.
PETITE GARCE !
Du calme, mon petit ! Vous n'êtes pas dans une situation qui vous permet d'être grossière. Mais je reconnais que je vous dois quelques explications ! Êtes-vous disposée à m'écouter bien sagement ?
Je surveille depuis longtemps votre maison et la boutique de votre père à DIJON. Je sais ce qu'il a mis au point avec l'aide de votre frère. Ils ont eu là une riche idée car je saurai comment utiliser cet appareil dès qu'il sera en état.
Alors là, petite peste, vous pouvez toujours espérer.
J'espère ! Et j'ai même de sérieuses raisons d'espérer que tout se passera comme je le souhaite. C'est d'ailleurs pour ça que je vous séquestre ! Vous serez une très bonne monnaie d'échange.
Votre père cédera, j'en suis sûre. C'est un excellent homme très attaché à sa fille. Comme c'est normal, vous êtes tout craché le portrait de votre mère.
ORDURE !
Du calme...

Vous avez été chloroformée dans les toilettes du train. On vous a conduite ici dans une malle, personne ne sait où vous êtes. L'appareil de votre père doit être sur le point de fonctionner maintenant. Encore quelques jours et je rentrerai en contact avec M. RABATJOIE!
Pourquoi vous faut-il cet appareil? Jamais mon père ne marchera dans cette histoire, il préviendra la police et...
...dans ce cas, fini la fifille. Non, croyez-moi, je l'aurai, d'autant que ma cause est juste.
C'est ce qu'on dit.
En fait il s'agit seulement d'un emprunt. Vous pourrez récupérer votre saleté d'engin dès que je l'aurai utilisé. C'est on ne peut plus correct.
?
DING DING
Un instant...on sonne!
Qu'est-ce que c'est, JOSEPH?
Un employé des postes vient d'apporter un pli urgent.
Adressé à Mlle Édith RABATJOIE. Le facteur m'a demandé si c'était bien ici. Je lui ai répondu que oui. Bizarre tout de même, cette lettre!
URGENT
...Qui peut bien savoir qu'Édith est ici? Bon sang, c'est mauvais signe... AH AH AH... Non, c'est trop drôle! Antoine ZBOROWSKY! C'est l'imbécile du train qui écrit. Évidemment il me prend pour Édith RABATJOIE... Il a dû nous suivre pour avoir l'adresse... Que veut cet idiot?
Figurez-vous, jeune fille, que je me suis laissé accoster dans le train par un jeune idiot alors que vous étiez bien gentiment au chaud dans votre malle. Prise de court quand il voulut connaître mon identité, je lui donnai votre nom. Nous avons causé... Il me croit à PARIS pour les mêmes raisons que vous: essayer de tirer le portrait de cette espèce de monstre préhistorique dont on parle beaucoup.
Je viens de recevoir une lettre de cet imbécile qui se meurt d'amour pour moi. Et jugez par vous-même comme le hasard engendre des situations cocasses: il prétend en savoir long au sujet du ptérodactyle, car il travaille au Muséum d'Histoire naturelle du Jardin des Plantes

Il va même jusqu'à me donner un rendez-vous dans le but de m'aider. Tout ça vous aurait bien arrangée, n'est-ce pas ? C'est dommage car moi, voyez-vous, le ptérodactyle, j'en ai pas grand-chose à faire.
Il y a une chose que j'aimerais savoir...
Taisez-vous ! Sachez que j'ai passé d'importantes commandes, payées d'avance, à votre père pour qu'il puisse terminer le plus rapidement possible son fabuleux appareil dont j'ai tant besoin. Que vouliez-vous me dire ?
Qui êtes-vous ?
Mon nom ? Que je réussisse ou non, vous le saurez bien assez tôt.
Le lendemain...
À tout à l'heure, les enfants, je vais au Jardin des Plantes.
À tout à l'heure.
ALBERT, tu as lu ça ? Le corps de la victime du ptérodactyle découvert sur un toit rue BARDAMU par un étudiant vient d'être identifié. Il s'agit d'Auguste RABATJOIE, le frère de notre prisonnière.
AH ?
Le Matin
Ça m'assomme d'aller au rendez-vous de ce ZBOROWSKY, surtout par ce temps ! Mais je ne veux pas prendre le risque de le voir rôder autour de la maison.

ENTR
Quelle odeur ! Où est ZBOROWSKY? Il est pourtant l'heure.
15h 10mn. Dans 5 minutes je pars.
Sale bête.
?

AAAAAA
NE BOUGEZ PAS!
VITE! SORTEZ DU BASSIN!
M'sieur par ici!
Monsieur, ce que vous avez fait est tout simplement héroïq
Mais non, mais non.
Qui m'a poussée?
Ma pauvre enfant, comment vous sentez-vous? Quel-rreur, vous auriez us faire m
J'ai rien vu et vous?
ESPÉRANDIEU! Excuse mon retard. Mais que se passe-t-il ici?
MÉNARD!

MADEMOISELLE ÉDITH...
?
Mais... ZBOROWSKY, que faites-vous ici?
Ne partez pas! Mais enfin, que s'est-il passé, expliquez-moi, je vous en prie, expliquez-moi!
Ah, vous, fichez-moi la paix!
METROPOLITAIN
Qui a bien pu me pousser?
Bizarre tout ça... Ça commence à mal tourner. Il faut que j'entreprenne au plus tôt mes transactions avec les RABATJOIE.
C'est ici!
ALBERT! JOSEPH!
JOSEPH!
Que s'est-il passé? Où est ALBERT?

ALBERT? Mmmh... C'est lui qui m'a assommé, le salaud! Je venais de lire un article dans le journal... Le frère d'Édith a été assassiné!
QUOI?
...Je ne sais pas ce qui lui a pris. Il m'a fichu un rude coup sur le crâne. À un moment, je crois l'avoir entendu téléphoner...
BON SANG ÉDITH!
VIDE!
On tente de me livrer en pâture aux crocodiles. JOSEPH se fait défoncer le crâne et ALBERT me trahit, libérant ÉDITH, ma monnaie d'échange pour obtenir l'engin des RABATJOIE. Il est évident que je ne contrôle plus la situation...
JOSEPH! Fais-moi couler un bain et fais les bagages. Inutile de rester plus longtemps ici. Dans 1 heure, nous devrons avoir vidé les lieux.
Mes plans sont contrariés... Le moment où j'aurai à utiliser l'engin risque d'arriver plus vite que prévu... Il me faut précipiter les choses... ALBERT a téléphoné! Certainement à un complice... Celui qui m'a poussée? Qui les emploie? Et JOSEPH? Combien de temps va-t-il encore me rester fidèle?
Téléphone! C'est pour vous.
ALLÔ?

Allô? C'est moi, ZBOROWSKY. Je ne comprends pas ce qui est arrivé cet après-midi...
GENTIANE SUZE
...Eh bien, ne cherchez pas à comprendre! Cette histoire de ptérodactyle ne m'intéresse plus. Fichez-moi la paix. Au revoir!
Ne raccrochez pas. Écoutez-moi, c'est très important. Venez quand même ce soir à 23h30 au Jardin des Plantes. J'ouvrirai la grille. Prenez votre appareil photographique.
...C'est ça! Allez vous faire voir...
...Mlle RABATJOIE, réfléchissez, c'est très important. Je serai à la grille à 23h30 et...
Quel raseur...
DRIIING
ALLÔ?
ALLÔ! ADÈLE BLANC-SEC?
QUOI? VOUS CONNAISSEZ MON NOM!
Hé oui! Je connais aussi beaucoup d'autres choses sur votre compte! Je peux vous dire qu'ÉDITH est en lieu sûr, qu'ALBERT est mon complice. C'est lui qui m'a averti de votre rendez-vous au Jardin des Plantes, ce qui m'a permis d'y être aussi et de vous pousser dans le bassin... Nous étions très près l'un de l'autre dans la foule cet après-midi, vous auriez pu me toucher... Vous avez eu de la chance! N'en abusez pas! Je connais vos projets. Venez ce soir, sinon demain la presse entière publiera ce que je sais de vous et de vos intentions...
23h30...

Vous êtes quand même venue
Oui ! J'ai réfléchi.
Allons nous cacher un peu plus loin. Le ptérodactyle vient ici toutes les nuits.
L'attente risque d'être longue, surtout pas de bruit !
Mouais...
Plus loin dans un buisson.
Un peu plus loin dans un autre buisson...
Encore plus loin dans un troisième buisson !
À l'extérieur...
LE VOILÀ !
Extraordinaire ! J'avais peine à y croire. MÉNARD, il est temps que je vous explique.

Adieu, Adèle ! J'espère que RIPOL ne tardera pas trop à te rejoindre.
PAN
PAN
?
On nous tire dessus !
AAAA
?
Bon sang ! On vient de tirer deux coups de feu ! Dépêchons !

HÉ!
Où allez-vous?
AAA...
Mon bras.
ARR
Le voilà! Bon sang, St HUBERT, il enlève un homme! Tirez, tirez vite. Bon sang, mais tirez!
BANG
CROAC
Au même instant à LYON...
AAAAA

Le ptérodactyle ! Qui a tiré ? Quel est l'assassin, qui a tiré ? Vous ! Que faites-vous ici ?
POLICE ! Inspecteur CAPONI !
Mon Dieu, BOUTARDIEU !
La police ? Pas la peine de traîner ici !
À LYON...
Ignoble crétin ! Vous êtes ici chez moi, qui vous a permis d'abattre cet animal ? Vous rendez-vous compte de ce que vous avez fait ? IMBÉCILE !
Monsieur, je vous en prie, soyez poli ! Vous parlez à Justin de ST HUBERT chasseur de fauves...
QUOI ? Vous voudriez que je sois poli avec un meurtrier ! D'abord, donnez-moi cette arme... Confisquée !
Mais...
À NOUS DEUX CHASSEUR !
On va inverser les rôles : vous allez jouer au gibier ! C'est régulier, vous avez vos jambes et moi la carabine. ALLEZ, COUREZ !
Vous êtes fou...
AH AH AH AH AH
BANG
ARRÊTEZ ! ARRÊTEZ !

BANG BANG
AAAAA
Et maintenant, la mise à mort de l'animal ! Vais-je tirer ? La tentation est grande !
ARRÊTEZ, SINON JE TIRE !
Méthode policière.
Monsieur, des habitants voisins du Jardin des Plantes nous ont signalé la présence du monstre. Notre mission consistait à abattre le pétrodactyle, et c'est ce que nous avons fait.
Ptéro pas pétro, bougre d'âne !
Les coups de feu ont cessé... Que se passe-t-il ici ? Et Mlle ÉDITH, où est-elle ? Hé ! Mais qui est ce type ?
?
Professeur MÉNARD, vous êtes là ! N'auriez-vous pas rencontré Mlle ÉDITH ?
ZBOROWSKY ! Qu'est-ce que vous fichez ici ? ÉDITH ? Qu'est-ce que c'est que ça ?
Messieurs, je vous dois des explications. Non seulement la mort du ptérodactyle constitue une perte considérable sur le plan de la science, mais nous venons aussi de perdre notre ami BOUTARDIEU qui est à l'origine de l'éclosion de l'œuf du ptérodactyle !
Je crois comprendre.
Édith... Pourquoi est-elle partie ?
Aussi étonnant que cela puisse paraître, BOUTARDIEU était doué de pouvoirs surnaturels. Capable de produire à distance une énergie considérable, il redonna la vie au ptérodactyle qui dormait intact dans son œuf depuis 136 millions d'années. BOUTARDIEU fit éclore cet œuf et guida l'animal depuis LYON. Mais ceci lui demandait une énorme concentration et par moments, fatigué, il perdait le contrôle de l'animal qui devenait alors agressif et tuait.

L'existence du ptérodactyle et celle de BOUTARDIEU n'en faisaient plus qu'une. L'animal est mort, BOUTARDIEU l'est aussi.
Vous êtes content, CAPONI ? Et lui, qui est-ce ?
Mort ! Je le reconnais, c'est Eugène LOBEL, un dangereux malfaiteur. Que faisait-il ici ?
Quelle perte pour la science.
Édith RABATJOIE, ça vous dit rien ?
Décidément, il y en avait du monde ce soir au Jardin des Plantes, et encore j'ai l'impression que tout le monde n'est pas là. Dites donc, on dirait que votre chasseur de fauves n'a plus tous ses esprits ! Enfin, vous n'avez pas perdu votre temps... Félicitations !
Que diable, St HUBERT, arrêtez de pleurer, nous n'avons fait que notre devoir. Venez !...
Le lendemain.
La fin du monstre
Enfin le monstre qui terrorisait Paris depuis des semaines, a été abattu hier soir au Jardin des Plantes. Le célèbre et héroïque chasseur de fauves, Justin de Saint-Hubert, a affronté la bête au péril de sa vie, assisté de son non moins perspicace inspecteur inspecteur Léonce Caponi, chargé de tirer au clair cette obscure affaire. Ainsi grâce à l'intervention courageuse de ces deux hommes, Paris se voit débarrassé du terrible animal.
Depuis bien longtemps la capitale n'avait vécu d'heures aussi angoissantes. D'étranges incidents ont ponctué cette battue peu commune. Il semble que les fourrés du Jardin des Plantes aient abrité, hormis le professeur Ménard, conservateur du Muséum d'Histoire Naturelle, posté en observation, un certain nombre d'individus dont la présence dans le Jardin reste inexpliquée.
Dans le bureau du commissaire principal DUGOMMIER.
Inspecteur CAPONI, toutes mes félicitations ! Soyez assuré que je m'occuperai personnellement de votre avancement. Bravo ! Et encore toutes mes félicitations, vous avez été parfait.
Oh ! Comment vous remercier M. le commissaire principal.
Le 3 décembre à l'aube, la prison de la Santé.

AH! LE VOILÀ!
Dans cinq minutes, t'auras plus jamais besoin d'aller chez le coif-feur! AH AH
CRÈVE, ASSASSIN!
NON! C'est LOBEL qui a tué MIGNONNEAU, c'est pas moi! JE SUIS INNOCENT!

NON!
!
A A A
LE PÉTRODACTYLE ! TIREZ ! MAIS TIREZ DONC !
Quelques heures plus tard.
Heure
Le retour du monstre
Ce matin à l'aube, un condamné à mort a été enlevé par un ptérodactyle ! En effet, Lucien Ripol qui devait être exécuté, a été emporté dans les airs par le monstre au moment où le couperet de la guillotine allait débarrasser la société d'un dangereux bandit. On se souvient qu'hier au Jardin des Plantes, l'inspecteur Caponi, aidé du célèbre chasseur Justin de Saint-Hubert, avait abattu dans des circonstances héroïques le ptérodactyle qui depuis des semaines répandait la terreur sur la capitale. Paris sortait du cauchemar.
Aujourd'hui il s'y trouve replongé, car il s'agirait bien d'un ptérodactyle, d'après les témoignages des officiels qui assistaient à l'exécution. Y aurait-il un deuxième, voire même plusieurs monstres ?
Dans le bureau du commissaire principal DUGOMMIER...
CAPONI, VOUS ÊTES UN IMBÉCILE !
Toutes mes félicitations ! Il y a quelques jours le ptérodactyle était mort et voilà qu'aujourd'hui un monstre de la même espèce fait son apparition, emportant dans les airs un condamné à mort et du même coup votre avancement ! Qu'avez-vous à répondre à cela, CAPONI ?
Heu...

M. le commissaire principal, j'étais moi-même à l'exécution ce matin, j'ai vu le monstre de mes propres yeux. Nous avons tué un pétrodactyle, mais peut-être y en a-t-il plusieurs...
PTÉROdactyle pas PÉTROdactyle ! CRÉTIN !
C'est sûr. On peut dire sans se tromper qu'il y en a au moins deux. Autre chose : le 20 novembre, Eugène LOBEL était tué au Jardin des Plantes et enlevé par le ptérodactyle abattu aussitôt par St HUBERT. Aujourd'hui, c'est le tour de Lucien RIPOL. Vous voyez le rapport ?
Heu... Non...
NON? LOBEL et RIPOL étaient complices, compromis tous les deux dans l'affaire du banquier MIGNONNEAU. RIPOL était condamné à mort pour le meurtre du banquier. LOBEL avait réussi à échapper à la police, à vous échapper, CAPONI ! Car c'est vous qui aviez mené cette enquête que je sache et c'est pour cette raison que vous accompagniez RIPOL à l'échafaud !
Le lendemain, au Jardin des Plantes.

Vous allez voir...
Regardez bien.
L'argent...
ne fait pas le bonheur.
OH!
Vous m'avez compris...
Suivons-les!

Nous allons prendre un taxi.
Dépêche-toi ! Je crois qu'on nous suit.
Suivez cette voiture !
Suivez cette automobile !
6813G7
Dans la 1re voiture...
Bonne idée ce rendez-vous au Jardin des Plantes, n'est-ce pas, Adèle ?
Tu sais, ces derniers temps, j'y viens souvent...
Ça fait du bien d'enlever ces trucs...
Raconte !

Eh bien, au moment où ils allaient me guillotiner, j'ai été enlevé par un énorme oiseau...
LE PTÉRODACTYLE!
Il m'a posé en douceur dans un coin calme, puis est reparti avant même que je comprenne ce qui m'arrivait...
Je suis passé à MEUDON: personne! J'y ai laissé un message et me suis caché.
Heureusement que JOSEPH a trouvé ton message à MEUDON ce matin, car pour moi, tout a mal tourné et j'ai été obligée de changer de planque.
Ouais... Ne traînons pas... Tant pis pour LOBEL, je m'occuperai de lui plus tard. Allons vite chercher le fric et fuyons!
Pour l'instant, semons les deux automobiles qui nous collent au train... Quant à LOBEL, il est mort.
Dans la 2e voiture...
Où nous emmènent-ils?
HÉ! HÉ!
Dans la 3e voiture...
HIN! HIN! HIN! HIN!
La nuit venue, à nouveau au Jardin des Plantes.
Crois-tu que nous ayons semé nos poursuivants?
CHUT!
C'est ici! Dans le socle de l'iguanodon.
AH AH AH

C'est là-dedans que j'ai planqué le fric et les objets raflés chez le banquier MIGNONNEAU juste avant d'être épinglé par CAPONI.
IGUANODON
LOBEL avait pris la fuite de son côté me laissant le magot sur les bras. Jusqu'à présent, j'étais le seul à connaître la cachette.
MAINTENANT NOUS SOMMES QUATRE!
?
?
Mains en l'air!
Qui êtes-vous?
ÉDITH RABATJOIE! ALBERT! sale traître!
Aïe
Hé oui, j'étais aussi au service de LOBEL. Il ignorait la planque du magot raflé chez le banquier. Mais il connaissait votre intention de faire évader RIPOL accusé du meurtre de MIGNONNEAU, meurtre dont il était l'auteur.
LOBEL avait peur de revoir RIPOL en liberté. Il avait peur de la vengeance de RIPOL, il préférait le savoir guillotiné. Et c'est pour faire échouer le projet d'évasion qu'il a essayé par deux fois de tuer ADÈLE. Il préférait tellement voir RIPOL exécuté, qu'il s'était fait à l'idée de ne jamais récupérer le magot
...MAIS PAS MOI!
HÉ! HÉ!
?
HÉ LA!
AARRH

HÉ! HÉ!
AAAAAA
PAN
PAN
LUCIEN!
VOUS L'AVEZ TUÉ !
Heu... c'était quelqu'un de votre famille ?
Pas vraiment...
Dites donc, vous deviez m'aider à livrer à la police l'assassin de mon frère puis le véritable meurtrier du banquier.
C'est pourquoi vous avez réalisé le projet d'ADÈLE en pilotant l'engin et en soustrayant RIPOL à la guillotine. LOBEL a tué le banquier et il a tué votre frère AUGUSTE pour se procurer l'engin afin qu'ADÈLE ne puisse l'utiliser.
LOBEL a attiré votre frère en l'assurant qu'il avait de vos nouvelles, que l'engin l'intéressait pour un brevet et qu'il souhaitait le voir voler. Il lui avait donné rendez-vous sur les toits où il l'a tué, puis il a caché l'appareil. Votre père, certainement influencé par "l'affaire du ptérodactyle", a eu une riche idée en donnant justement à son engin l'apparence d'un ptérodactyle. À deux reprises on l'a confondu avec le monstre : sur la photographie prise par l'étudiant...
... et lors de l'enlèvement de RIPOL.

Bon! Trêve de plaisanteries, mesdemoiselles, adieu et bien l'bonjour chez vous !
ON SE RETROUVERA !
Mais oui... Mais oui...
PAN
AAAA
?
HIN! HIN! HIN!
Fausse barbe et lunettes noires... Qui que vous soyez, merci quand même...
JOSEPH!

Je m'étais promis de faire payer cher à ALBERT ce mauvais coup qu'il m'avait donné sur le crâne... Voilà, c'est fait ! Je vais vous expliquer : ALBERT voulait que RIPOL soit libre afin qu'il le conduise à l'argent. Peu lui importaient les intérêts de LOBEL, son maître...
On avait compris.
D'ailleurs LOBEL était trop préoccupé par ADÈLE qu'il voulait faire disparaître. Aussi quand ADÈLE est partie au rendez-vous de ZBOROWSKY au Jardin des Plantes, LOBEL, prévenu par ALBERT, devait la supprimer en la poussant dans le bassin des crocodiles. ALBERT pensait qu'ADÈLE ne reviendrait pas à MEUDON.
C'est pour cette raison qu'il m'a assommé et qu'il vous a libérée, ÉDITH, afin que vous fassiez évader RIPOL ainsi qu'ADÈLE l'avait prévu... Le soir même, à nouveau au Jardin des Plantes, il tentera de tuer LOBEL, qu'il ne veut plus avoir dans les pattes, au moment où celui-ci essaie pour la deuxième fois de tuer ADÈLE.
Quelle salade !
ALBERT n'a aucune raison de souhaiter la mort d'ADÈLE, puisqu'il pense que les chances de voir RIPOL le conduire à l'argent seront plus grandes si ADÈLE l'accompagne. L'engin est aux mains de LOBEL... Peu importe ! ALBERT connaît la planque... Et vous connaissez la suite !
?
HÉ!
ALBERT a disparu !
Bah...
Il n'ira pas loin !
Quoi qu'il en soit, merci JOSEPH de m'être resté fidèle. Sans votre intervention...
N'allez pas vous mettre de pareilles idées en tête... J'ai le fric, c'est tout ce qui compte !
ON SE RETROUVERA!
Mais oui...
Mais oui...

Et vous, u'allez-vous faire ?
... Je vais récupérer l'appareil et rentrer à DIJON chez mon père...
Au revoir... Je suis désolée pour votre frère...
ADIEU!
Bon... Inutile de traîner ici... ADIEU, LUCIEN.
TRRRIIIIIT
Des coups de sifflet! Les flics!
Allez, rentrez là-dedans! Attention, ils sont armés, des voisins ont entendu des coups de feu!
Il était temps...
Montez derrière, vite! La police ne va pas tarder à rappliquer. VITE!
?
Pourquoi pas!

Achevé d'imprimer en Europe à Pössneck (Thuringe, Allemagne)
en mai 2002 pour le compte de E.J.L., 84, rue de Grenelle, 75007 Paris
Dépôt légal mai 2002
1er dépôt légal dans la collection : juin 2001
Diffusion France et étranger : Flammarion